Felix Hübel

Apostel

Ein Schauspiel in vier Aufzügen

Felix Hübel

Apostel
Ein Schauspiel in vier Aufzügen

ISBN/EAN: 9783743353244

Hergestellt in Europa, USA, Kanada, Australien, Japan

Cover: Foto ©Andreas Hilbeck / pixelio.de

Manufactured and distributed by brebook publishing software (www.brebook.com)

Felix Hübel

Apostel

Apostel.

Ein Schauspiel in vier Aufzügen

von

Felix Hübel.

„Du Narr — Du Menschheits=
beglücker!"

Dresden und Leipzig.
E. Pierson's Verlag.
1898.

Meiner lieben Mutter.

Personen.

Heinrich Trübner, Fabrikbesitzer.
Richard, sein Sohn.
Helene, sein Mündel.
Doktor Kamp.
Kommerzienrat Lautenschläger.
Fräulein Lautenschläger.
Oskar Hatzberg.
Dahlem, Vorarbeiter in den Trübnerschen Werken.
Marie, seine Tochter.
Brüllner \
Stange / Arbeiter.
Hans.
Ein Diener.

Damen und Herren. Arbeiter.

Ort: Die unfern einer Provinzialstadt gelegenen Werke Trübners.

Zeit: Gegenwart.

Zwischen dem ersten Akte und den folgenden liegen einige Monate.

„Rechts" und „links" vom Schauspieler.

Erster Aufzug.

Die Behausung Dahlems, ein großer, niedriger, ärmlich ausgestatteter Raum. Der Haupteingang im Hintergrunde; links eine Thüröffnung, die zu einem alkovenartigen Nebenzimmer führt, rechts an der Wand ein Bett, darüber und sonst an den Wänden verstreut roh eingerahmte Bilder. Links im Hintergrunde ein Herd, auf dem ein Feuer brennt. Weiter vorn ein grober, weißgescheuerter Tisch und Stühle. Dahlem sitzt vor dem Herde und hält die Hände über das Feuer. Hatzberg lehnt, eine Cigarre rauchend, gegen das Bett. Vor ihm, auf dem Boden, sitzt Hans, an einem Brette herumschneidend.

Erster Auftritt.

Hans (gröhlend, unmelodisch).

    In einem kühlen Grunde
    Da geht ein Mühlenrad,
    Mein — —

Dahlem (wendet sich ärgerlich um). Schweig' still, dummer Bub! Du wirst den Alfred aufwecken.

Hans (ohne aufzublicken). Der Alfred muß sterben, muß bald sterben. Der Herr Hatzberg hat's gesagt und der Herr Hatzberg weiß —

Hatzberg (giebt ihm einen Fußtritt). Plappermäuliger Narr!

Hans (mit blödsinnigem Lachen). Hahaha! Plappermäu — mäuliger Narr. Hahaha! Der Herr Hatzberg weiß alles.

Hatzberg. Also der Alfred ist wieder schlimmer? Ja, das Fieber, mein lieber Dahlem, das Fieber! Das frißt und wühlt in einem so schwachen Körperchen, und so ein Körper hält's nicht ab. Mager, schlecht genährt, nicht wie die Kinder der Reichen, die —

Dahlem (ärgerlich). Meine Kinder hungern nicht, Herr Hatzberg!

Hatzberg. So mein' ichs nicht! Nicht hungern, nein! Aber Sie sehen doch den Unterschied. So ein Söhnchen reicher Leute: Gepäppelt, gepflegt und gewartet, und wenn es ja krank wird: den besten Arzt, die beste Pflege, den besten Wein, ein helles, luftiges, geräumiges Zimmer! Ach, die Luft, mein lieber Dahlem, die Luft! Selbst die Luft ist zu teuer für uns, selbst die gute, gesunde Luft ist ein Privileg der Reichen. Sehen Sie doch! Da liegt Ihr armer Junge in dem finsteren, stickigen Zimmer. Da ist an Gesundwerden nicht zu denken. Und eine ansteckende Krankheit dazu! Warten Sie nur! Es wird nicht lange dauern, so legt sich die Marie hin, und was dann?

Dahlem (springt auf und geht hin und her). Und was dann? Was dann? Wie Sie so was sagen können! Was sollt' ich denn ohne die Marie machen? (Sinnend.) Ohne die Marie!

Hatzberg. Mein lieber Dahlem! Der liebe Herrgott hat in einem solchen Falle kein Einsehen, und Ihr Prinzipal, der reiche Trübner, der Millionär, der im Gelde schwimmt, erst recht nicht. Der läßt Sie hier in diesem Loche mit samt ihren Kindern bei lebendigem Leibe verfaulen.

Dahlem (hastig). Ne, ne! Man nicht aus der Tonart! Herr Trübner hat mir vor Jahren schon, als er die Arbeiterhäuser baute, eine andere Wohnung angeboten, aber ich wollte nicht ausziehen. Ich will nie! Sehen Sie! In dieser Kammer da ist vor sieben Jahren meine Alte gestorben, und da will ich auch sterben. Meine Kinder mögen thun, was sie wollen, aber ich weiß, die Marie mag mich nicht verlassen, und der Alfred, wenn er groß wird —

Hans (laut vor sich hin). Wenn er groß wird —

Dahlem (düster). Ja, ich vergaß; wenn!

Hatzberg (zur Seite, ironisch). Kinder und Narren!

Dahlem. Doch ich weiß, er wird nicht sterben. Nein! Er darf nicht! Er wird gesund werden, wenn auch der Doktor — bah! Der Doktor — oh! (Er eilt nach dem Nebenzimmer, aus dem wirres, fieberisches Reden tönt.) Mein armer Junge!

Zweiter Auftritt.

Hatzberg (für sich). Der Junge muß sterben. So sagt der Doktor und so sage ich, Andreas Oskar Hatzberg! Und der thörichte Alte mag froh sein, wenn er das schwächliche Kerlchen los ist. Wenn der Junge tot ist, dann haben wir den Alten, so viel ist gewiß. Und haben wir den Alten, dann kann der Tanz beginnen.

Hans (aufschauend). Hoho! Der Tanz! Dann kann der Tanz beginnen!

Hatzberg. Und Du sollst mittanzen, mein braver Freund, tanzen, daß Dein hohler Schädel brummt! Das schönste Mädchen für Dich!

(Marie kommt aus dem Nebenzimmer. Sie hat einen Krug und einen Teller mit Glas und Flasche in der Hand.)

Dritter Auftritt.

Hans. Das schönste Mädchen für mich! Die Marie, nicht wahr?

Hatzberg (lacht.) Tölpel! Nein, die Marie sollst Du nicht haben. Die ist zu blaß und traurig für Dich. (Er hat, während er spricht, sein Auge stets auf Marie geheftet, die am Herde beschäftigt ist und Hatzbergs Worte scheinbar geflissentlich überhört.) Aber sie soll einen andern Tänzer haben, einen feurigen, lustigen Tänzer, der sie herumschwingt, daß ihre Wangen glühen, der sie so froh und heiter macht, daß sie lacht und jauchzt den ganzen Tag lang. Und sie wird ihren Tänzer lieb haben; so lieb! Gelt, Fräulein Marie?

Marie (blickt auf, als ob sie nicht verstanden hätte). Ich habe nicht — oh! — was haben Sie gesagt?

Hans (schreit). Tanzen! Tanzen! Den ganzen Tag, immer im Kreise! Marie, Du, und ich und Herr Hatzberg und — (Es klopft.)

(Marie eilt nach der Thür und öffnet.)

Hans (für sich). Der Alfred wird sterben; Herr Hatzberg hat's —

Hatzberg (wütend). Schweig!

(Richard und Helene treten ein.)

Vierter Auftritt.

Richard. Ist Vater Dahlem zu Hause? Wir kommen, um nach dem Alfred zu sehen.

Hatzberg (bei Seite). Nach dem Alfred! Und Alfreds Schwester meint er wahrscheinlich!

Marie (etwas unbeholfen und schüchtern). Oh, Herr Trübner und Fräulein —, liebes gnädiges Fräulein! Der Alfred ist so schlimm. Der Doktor sagt — (bricht in Schluchzen aus).

Helene (faßt sie bei der Hand). Nicht weinen, Marie, beruhigen Sie sich! Er wird wieder gesund werden; gewiß! Der Frühling steht vor der Thür, und der Frühling heilt alles, was der Winter verbrochen. (Sie will in das Nebenzimmer eintreten.) Liegt er hier, der Alfred?

Marie (will sie zurückhalten). O nicht doch, nicht doch, gnädiges Fräulein! Er hat — das steckt an, gnädiges Fräulein!

Helene (an ihr vorbeigehend). Glauben Sie, ich fürchte mich?

Marie (folgend, leise). Hier, Fräulein, hier, nach links! Es ist so dunkel.

Fünfter Auftritt.

Richard (der sich inzwischen mit Hans beschäftigt, will den beiden folgen, wendet sich aber in der Thüre und geht auf Hatzberg zu). Herr Hatzberg! (Streckt ihm die Hand hin.)

Hatzberg (ohne die dargebotene Hand zu fassen). Herr Trübner!

Richard. Unser letzter Streit ist doch vergessen?

Hatzberg (kalt). Unser Streit kann nie vergessen werden; der Streit zwischen Unterdrückten und Unterdrückern, zwischen Recht und Unrecht!

Richard. Der Streit braucht deswegen kein persönlicher zu sein. Ist es mein Fehler, oder ist es eine Sünde, daß ich als der Sohn meines Vaters zur Welt kam? Und Sie kennen doch meine Ansichten, Sie wissen, daß mein Herz Ihrer Partei gehört, wenn auch —

Hatzberg. Ihr Herz? Vielleicht! Aber Ihre Thaten jedenfalls nicht! (Mit beißendem Hohn.) Es ist so bequem, im Überflusse schwelgend, das Los der Armen zu beklagen; es ist so romantisch, in einem prächtigen Schlosse zu hausen und Lieder zu singen von dem Elend der Enterbten. Das nennt sich Volksfreund und Philantrop!

Richard. Wozu der Hohn? Ist es unbedingt nötig, in einer Hütte zu wohnen und zu hungern, um mit den Armen zu fühlen? Kann ich in der Stellung, die mir die Vorsehung angewiesen, nicht mächtiger wirken als im Arbeiterkittel oder im Bettlerkleide? Wann endlich —

Hatzberg. Arbeiterkittel und Bettlerkleid sind so ziemlich dasselbe, heutzutage! Und die romantischen Schwärmereien eines jungen Arbeiterbarons, eines Kapitalisten, der Millionen auf Millionen häuft, an denen der Schweiß und das Blut der Arbeiter kleben, solche Schwärmereien können uns nicht helfen.

Richard (entrüstet aber ruhig). Sie wissen, daß das, was Sie sagen, nicht der Wahrheit entspricht; mein

Vater hat viel gethan für seine Arbeiter, und er wird mehr thun; dessen bin ich sicher.

Hatzberg. Er wird mehr thun! Das ist, was sie alle sagen, Ihr Vater und seinesgleichen. Ja, sie werden mehr thun, wenn man sie zwingt, wenn sie müssen; sonst nicht! Und währenddessen hungern Tausende, währenddessen frieren Tausende, und Tausende und Abertausende kommen in Elend um, Jahr um Jahr! Niemand hilft uns, wenn wir uns nicht selbst helfen!

Richard. Das sind die Phrasen, mit denen Sie das Volk aufwiegeln! Das sind die Phrasen, mit denen Sie Haß, Hader und Zwietracht säen! Das sind die Phrasen, mit denen Sie die armen Thoren, die Ihnen blindlings folgen und vertrauen, in's Unglück stürzen werden!

Hatzberg (kalt). Regen Sie sich nicht so auf! Was ich thue, kann und will ich verantworten. Wo's im Guten nicht geht, muß es im Bösen gehen. Und dann: Die mir folgen, sind nicht solche Schafe, wie Sie zu denken scheinen. Die Zeiten, wo das Volk blindlings glaubte, was der Pfaff predigte, sind vorbei. Heutzutage denkt auch der Arbeiter selbst!

Richard. Nein, und abermals nein! Wer denkt, wer überlegt, kann Ihnen nicht folgen. Wer seinen gesunden Menschenverstand beisammen hat, muß wissen, daß Ihre Reden voll sind — von Lügen und von Aberwitz!

Hatzberg. Gehen Sie nicht zu weit, Herr — Herr Trübner! Was wollen denn Sie bei unserer

Partei? Denken Sie, wir kennen Ihre Absichten nicht? Denken Sie, wir wissen nicht, warum Sie keine unserer Versammlungen versäumen? Uns ausspionieren und aushorchen! Das wollen Sie! Das ist Ihre Aufgabe!

Richard (wendet sich ab, wie um zu gehen, kehrt aber wieder um). Ich habe Ihnen Versöhnung angeboten und Sie haben sie ausgeschlagen. Ich habe — wie oft! — versucht, Sie von Ihren Irrtümern zu überzeugen, damit ich Hand in Hand mit Ihnen gegen Armut und Elend für Glück und Freiheit kämpfen könnte. Aber Sie wollen nicht, weil es Ihr Geschäft und Ihr Zweck ist, die Massen aufzuwiegeln, Aufruhr zu stiften. Sie wollen nicht aufbauen, Sie wollen zerstören! Aber jetzt kenne ich Sie und Ihre Absichten, jetzt will ich gegen Sie kämpfen!

Hatzberg. Kämpfen wir! Kampf, erbarmungsloser Kampf bis zum Messer! So liebe ich's! Wir werden sehen, wer Sieger bleibt. Und wissen Sie: Ich hasse Sie und Ihresgleichen!

(Richard wendet sich mit einer Geberde der Verachtung ab. Hatzberg ergreift seinen Hut und geht.)

Sechster Auftritt.

Richard (auf und abschreitend). Und solchen Leuten glaubt das Volk! Solchen phrasendreschenden Lügnern, die im Trüben fischen. Blind! Blind! Blind!

Hans (seine Spielerei unterbrechend). Blind! Ja, der alte Hauptner ist blind. Ganz blind! Das kommt vom roten Eisen, von der Glut! Und nun muß er verhungern, sagt der Herr Hatzberg. — Der Herr Hatzberg weiß alles!

Richard (bleibt stehen). Wie? Auch der arme Thor schwatzt schon nach, was der Aufwiegler predigt! Wie eine Pest verbreiten sich Lüge und Verleumdung. (Er setzt sich auf einen niedrigen Schemel neben Hans.) Sag' mal Hans, kennst Du meinen Vater, den alten Herrn Trübner?

Hans (nachsinnend). Den alten — den alten Trübner? Den Geizhals! — Den Sch'in —

Richard. Pfui, Hans! Schäme Dich!

Hans (nickt ernsthaft). Den alten Trübner. (Geheimnisvoll.) Der muß sterben! (Macht eine groteske Geberde des Halsabschneidens.) Huh! Der Herr Hatzberg hat's gesagt, und der weiß alles; alles!

Richard. Weißt Du nicht mehr, daß Dir Herr Trübner den schönen Anzug geschenkt hat, letzte Weihnacht? Den schönen Anzug mit den blanken Knöpfen, den Du Sonntags in die Kirche anziehst?

Hans (freudig). O den schönen, schönen Anzug! — Der alte Mann mit dem weißen Bart und den weißen Haaren, der unter'm Christbaum stand? — Ist das der alte — ist das Herr Trübner?

Richard. Gewiß, Hans! Das ist mein Vater!

Hans. Oh! Das ist er? Das ist er! (überlegend.) Aber der Herr Hatzberg hat gesagt —

Richard. Du mußt nicht hören, was der Herr Hatzberg sagt. Der nimmt's mit der Wahrheit nicht so genau.

(Dahlem kommt aus dem Nebenzimmer.)

Siebenter Auftritt.

Richard. Nun, wie steht's, Vater Dahlem?

(Dahlem schüttelt trübe den Kopf.)

Richard. Nur Geduld, Geduld! Der Alfred wird schon wieder gesund.

Dahlem. Wie das Fieber in seinem Leibe wühlt und ihn schüttelt! Es ist zum Gotterbarmen! Das reibt ihn auf, das frißt ihn! Nun ist er schon so lange krank und wird schwächer mit jedem Tag. (Setzt sich und begräbt das Gesicht in den Händen.) Und dafür, dafür habe ich gearbeitet! Wie ein Sklave, von früh bis in die Nacht, Tag um Tag, Jahr um Jahr! Für meine Kinder, für den Alfred — denn Marie! Ein Mädel, was braucht ein Mädel zu wissen? Aber mein Junge! (Springt auf.) Der sollte 'was werden, 'was lernen! Der sollt' es besser haben wie ich. In die beste Schule habe ich ihn geschickt, und er hat studiert und gelernt den ganzen Tag. Ja, fleißig war er, fleißig, und alles war leicht für ihn. Letzte Ostern brachte er die Prämie nach Hause; und seine Lehrer lobten ihn! Und ich — (schluchzend) sein einfältiger, alter Vater, ich war stolz. Ja, ich war stolz! (Setzt sich nieder.)

(Richard tritt neben ihn und legt ihm die Hand auf die Schulter.) Und nun? Der Tod kommt und holt ihn, meinen Einzigen. Was habe ich gethan, daß mich der Himmel straft? Ich habe im Schweiße meines Angesichts mein Brot verdient. Zur Kirche hatte ich nicht viel Zeit, aber ich war gläubig und treu. Wofür? Wofür? (Springt auf.) Weil ich ein Narr war, ein Narr! Aber

wenn er stirbt — wenn er stirbt! Dann fahrt hin,
Treue und Glauben, fahrt hin, zum T —

Richard. Beruhigen Sie sich, Vater Dahlem!
Kommen Sie mit an die frische Luft! Das wird Ihnen
wohl thun. Kommen Sie! Wir wollen den Wein
und die Arzneien holen, die der Doktor verschrieben hat.
(Helene und Marie aus dem Nebenzimmer.)

Achter Auftritt.

Helene (giebt Marie die Hand). Adieu, adieu! Morgen
komme ich wieder und dann befindet sich der Patient
hoffentlich besser.

Marie. Danke schön, gnädiges Fräulein, tausend
Dank!
(Dahlem, Richard und Helene ab.)

Neunter Auftritt.

(Es wird nach und nach dunkel. Das Zimmer wird nur durch
das auf dem Herde brennende Feuer matt erhellt.)

Marie (macht sich wieder am Herde zu schaffen). Wie
dunkel es wird! Wollen wir Licht machen, Hans?

Hans (steht auf und geht nach dem Herde). Nein! Ich
will ins Feuer gucken.

Marie. Ins Feuer? Was giebt's denn da zu
sehen?

Hans (geheimnisvoll). Bilder, schöne Bilder und eine
Menge Gesichter.

Marie. Gesichter?

Hans. Freilich! Immer andere; hübsche und böse. Manchmal lachen sie und sind gut, und manchmal drohen sie und schneiden Fratzen, daß ich mich fürchte.

Marie. Ach geh, dummer Hans! Das bildest Du Dir doch nur ein. Komm, hilf mir bei der Arbeit! Willst Du?

Hans. Ei ja! Was soll ich? Kartoffeln schälen? Sag' ja! Das mach' ich gern.

Marie. Später, Hans. Erst müssen wir Holz klein schneiden. Da, nimm Dein Messer! (Giebt ihm einige Holzscheite. Hans setzt sich wieder auf den Fußboden, mit dem Rücken gegen Marie, und beginnt zu schnitzeln.)

Hans (vor sich hin). Der Herr Hatzberg hat's gesagt — nein — Herr Richard hat gesagt — — (überlegend) er nimmt's mit der Wahrheit — mit der Wahrheit —

Marie. Was faselst Du da wieder, Hans? (Sie unterbricht ihre Arbeit und tritt neben Hans.) Du, sag' mal, Hans, was hat Herr Hatzberg heute gesagt? Übers Tanzen, weißt Du und — und über mich? Besinnst Du Dich?

Hans (wendet sich halb um; überlegt und nickt freudig). Ja! Das schönste Mädchen für mich! Und tanzen, immer tanzen!

Marie. Das nicht, dummer Bub'! Was hat er von mir gesagt? Die Marie —?

Hans. Die Marie —?

(Hatzberg ist geräuschlos eingetreten und auf den Zehen hinter Marie geschlichen, der er plötzlich die Hände vor's Gesicht hält.)

Zehnter Auftritt.

Hatzberg. Die Marie —?

Marie. Oh! Herr — das ist Herr Hatzberg!

Hatzberg (neben sie tretend). Wie er leibt und lebt! Vielleicht sprachen Sie gerade von mir, und wenn man den Teufel an die Wand malt —!

Marie. Wie Sie mich erschreckt haben! Warum klopfen Sie denn nicht an?

Hatzberg. Ich glaube, ich habe geklopft. Ich kann's aber auch vergessen haben. Sie sind mir doch nicht böse, Fräulein Marie? (Faßt ihre Hand.)

Marie. Nein. Warum denn? Ich meinte nur — (macht sich verlegen los und geht zu Hans). So, das ist genug, Hans; ich danke Dir, und nun —

Hatzberg (kühl). Kann der Bub' nach Hause gehen.

Marie (blickt Hatzberg scheu von der Seite an). Ich wollte erst —

Hatzberg (sie unterbrechend, barsch). Hörst Du, Hans? Geh' nach Hause!

Hans. Ich mag nicht! Ich —

Hatzberg (nach der Thüre weisend). Marsch! Deine Mutter braucht Dich.

Hans (steht langsam auf). Meine Mutter? (Er geht nach der Thür und bleibt dort stehen). Marie! — Mariechen!

Marie. Was ist denn, Hans?

Hatzberg (geht drohend auf Hans zu). Willst Du wohl, Schlingel?

(Hans eilt hinaus.)

Elfter Auftritt.

(Marie brennt einen Span an und geht damit nach dem Tisch, um die Lampe anzuzünden.)

Hatzberg (stellt sich ihr in den Weg und löscht den Span aus). Noch nicht! Wozu brauchen wir denn Licht? Setzen Sie sich, Fräulein Marie! Ich muß mit Ihnen reden.

Marie. Ja — aber die Lampe. Ich will erst Licht anzünden.

Hatzberg. Ach was! Sie fürchten sich doch nicht etwa im Dunkeln?

Marie. Nein, aber —

Hatzberg. Und gleich wird es hell werden. Da fällt schon ein Streifen Mondlichtes durch's Fenster! Ordentlich romantisch! Wie gemacht für Verliebte; gelt, Fräulein Marie?

(Marie setzt sich an den Tisch und wühlt in ihrem Arbeitskörbchen herum, ohne aufzuschauen.)

Hatzberg (beugt sich von hinten über ihre Schultern). Keine Antwort, Kind? Warum so schüchtern? (Energisch.) Aber ich will nicht viel Worte machen. (Auf und ab gehend). Sie wissen ja, was ich will; Sie fühlen es. Ihr Herz schlägt wie das meine, Ihr armes Herz, das nichts kennt als Kummer und Sorge, das fast verkümmert ist, fern vom Sonnenschein. Aber ich will es wecken, dieses erstarrte Herz; ich will es wecken! Ich will es lehren, heiß und hoch zu schlagen — in meinen Armen! (Kniet vor ihr und faßt ihre Arme, die sie vergebens los zu machen sucht.) Marie, ich liebe Dich! Sei mein! Warum dieses Sträuben? Hinweg mit dem Winter, denn der Frühling kommt! Öffne Dein Herz dem Frühlingssturme und der Frühlingssonne! Lebe! Wache auf! (Er springt auf. Nach einer Pause, ruhiger aber düster.) Ich hatte keine Jugend; Glück und Liebe sind mir unbekannt. Schon als Knabe bin ich von Land zu Land gewandert, gestoßen, geschlagen, getreten wie ein Hund. Aber, wohin ich auch kam: Überall fand ich Tausende, die verhungern, Tausende, die ihr Leben in Sklaverei verbringen und im Elend sterben. Ihr ungeheures, gemeinsames Weh brennt in meiner Brust und ihr ohnmächtiger Schrei nach Brot und Liebe, nach Freiheit und Recht läßt mich nicht zur Ruhe kommen. — So wurde ich, was ich bin. Nur Haß und Mitleid hatten Raum in meiner Brust. Mitleid mit den Unterdrückten, Haß, glühender Haß gegen die Besitzenden. — Du lehrst mich Liebe kennen! Ja, ich liebe Dich, ich muß Dich lieben, weil Du elend bist! Ich liebe Deine bleichen Wangen. (Kniet vor ihr und umschlingt sie. Sie bedeckt ihr Gesicht mit den Händen.) Sei mein! Sei ganz mein! Marie, geliebte Marie! Laß uns glücklich sein, und sei's für eine kurze Zeit! Sag', daß Du mich liebst, sag' es, das eine Wort!

(Marie weint.)

Hatzberg. Marie! (Ungeduldig, fast heftig.) Ein Wort! Du mußt mich lieben, Du mußt! Hörst Du? Ich will es!

Marie (springt auf und wendet sich). Ja — ich — Oskar! Ich fürchte mich!

Hatzberg (umschlingt und küßt sie). Einzig Geliebte! Ha! Wie das Blut in Deine Wangen steigt! Wie Du bebst! Das ist das Glück, das ist das Frühlingsglück! Geliebtes Weib! Sei mein! Ganz mein! (Sie versucht sich loszumachen; er preßt sie immer heftiger an sich.) Küsse mich! Ich will es, küsse mich! (Mit dämonischer, immer wachsender Leidenschaftlichkeit in seiner Sprache und seinen Liebkosungen.) O, zögre nicht! Sei heute glücklich, wenn Du's kannst und sage nicht: ich will erst morgen glücklich sein! Morgen? Pflücke die Blume, die heute blüht! Ein Reif kommt über Nacht und tötet sie. Dann klagst Du und weinst: Es ist zu spät! — Zu spät!! Hörst Du? (Schmeichelnd.) Liebe heute! Küsse mich! Schling' Deinen Arm um mich! Genieße heute! Sage nicht: später! Sage nicht — was sträubst Du Dich? Was willst Du? Was —

Marie (ringt sich mit Gewalt los, zitternd). Oskar? Nicht so! Ich fürchte mich!

Hatzberg (umarmt und streichelt sie). Sei ruhig, Lieb'! Laß uns vergessen, was uns bedrückt, im Liebesrausche! Liebe ist Genuß! Liebe ist —

Marie (macht sich von neuem los). O laß mich! Erbarme Dich!

Hatzberg. Dich lassen?! Nicht für — nicht für — — (Geht mit ausgebreitetem Arme auf sie zu.)

Marie (halb jauchzend, halb weinend). So nimm mich hin! Thu' was Du willst mit mir! (Sinkt in die Kniee.) O — wie ich Dich liebe! Wie ich Dich liebe! O Du! —

(Dahlem, mit Packeten auf dem Arm, tritt langsam ein.)

Zwölfter Auftritt.

Dahlem. Halloh! Kein Licht?

Marie (springt auf, während Hatzberg hinter der nach innen geöffneten Thür im Schatten steht). Ich werde gleich Licht machen, Vater. (Sie geht nach dem Herd und bringt, absichtlich langsam, einen Span zum Glimmen.)

Dahlem (geht nach dem Nebenzimmer). Und was macht Alfred?

Dreizehnter Auftritt.

Marie (bestürzt und verlegen). Alfred?

Hatzberg (leise). Auf Morgen, Geliebte! (Ab.)

Vierzehnter Auftritt.

Marie zündet die Lampe an und setzt sich nieder, den Kopf in den Händen geborgen. Es ist eine Weile totenstill; dann tönt ein Schrei aus dem Nebenzimmer. Marie fährt entsetzt auf und sieht starren Blickes nach der Thür.

Fünfzehnter Auftritt.

(Dahlem erscheint in der Thüröffnung. Er ist totenbleich und versucht vergeblich zu sprechen.)

Marie (springt auf und steht wie erstarrt, schuldbewußt. Dann mit einem Schrei:) Vater!

Dahlem (kommt auf sie zu, legt seine Hand schwer auf ihre Schulter und deutet auf das Nebenzimmer. Zitternd:) Tot!

Vorhang.

Zweiter Aufzug.

Heinrich Trübners Arbeitszimmer. Elegant, luxuriös ausgestattet; schwere eichene Möbel, Bilder u. s. w. Links ein Schreibtisch. Rechts und links Thüren, Fenster im Hintergrunde. In der Mitte des Zimmers ein großer Tisch, auf dem sich Schreibgeräte, Bücher, Papiere u. s. w. befinden. Am Tische sitzen Trübner, Kommerzienrat Lautenschläger, Doktor Kamp und Richard.

Erster Auftritt.

Trübner. Damit also wäre die Hauptsache erledigt. Wir halten unter allen Umständen zusammen. Keiner von uns stellt Einen, der am Streike teilgenommen, wieder ein; alle Forderungen der mit Streik drohenden Arbeiter werden glatt abgewiesen. (Überlegend.) Allerdings — vielleicht schieben wir noch ein, daß, sollte in der That das eine oder andere Verlangen der Leute recht und billig sein, es nach Vorberatung sämtlicher Vertragsunterzeichner —

Doktor Kamp. Hat, denke ich, gar keinen Zweck! Ich bewillige nichts, gar nichts! Ich lehne alles rundweg ab, und ich kann Ihnen dieses Verfahren als wirklich probat empfehlen. Wir sind ja übrigens diesmal absolut sicher. So lange wir zusammenhalten, haben wir die Macht, die unbeschränkte Macht!

Richard. Die bekanntlich vor Recht geht!

Doktor Kamp. Sehr richtig! Aber wir haben das Recht außerdem. Oder habe ich vielleicht nicht das Recht, meine Tasche zuzuknöpfen, wenn ich weiß, es will jemand hineingreifen, um meinen Geldbeutel zu stehlen?

Richard. Der Vergleich hinkt! In der That —

Doktor Kamp. Ja, der Vergleich bezeichnet den vorliegenden Fall noch gar nicht einmal scharf genug. Wir sollen vergewaltigt werden und wir verteidigen uns dagegen. Das ist alles!

Richard (ruhig, aber mit Betonung). Die Vergewaltigten sind die Arbeiter!

Trübner (schroff). Richard!

Doktor Kamp. Aber lieber Freund! Du hast ja wahrhaftig noch die alten Bierideen im Schädel, die wir auf der Universität ausgebrütet und die uns damals — ich gebe es zu — ungemein erhaben erschienen. Aber im wirklichen Leben liegt doch das Ding wesentlich anders. Wenn man erst Erfahrung gewinnt, wenn man selbst Jahre lang mitten drinnen steht. — Nein, solchen Blödsinn!

Richard (auffahrend). Blödsinn! Bitte, bediene Dich anderer Ausdrücke, wenn Du von meinen Überzeugungen redest!

Trübner. Ich sehe mit Bedauern, Richard, daß Du selbst unter den obwaltenden Umständen an diesen Ansichten festhältst. Ansichten, die mir, ich kann nicht anders sagen, für jemand Deines Standes und Deiner Erziehung abgeschmackt und thöricht erscheinen. Ich habe

bisher geglaubt, daß das nichts als Spielereien mit
Theorien seien, und —

Richard. Dann hast Du Dich eben getäuscht, Vater!
Ich bin gesonnen, meine Ansichten unter allen Umständen festzuhalten und zu verteidigen.

Trübner. Dann könnte ich Dir nur den guten
Rat geben, Dich von unseren weiteren Verhandlungen
auszuschließen. Wenn Du, als mein Sohn, Dich prinzipiell auf Seite meiner gegen mich revoltierenden Arbeiter
stellst —! Wirklich, das ist ausgezeichnet!

Richard (sich erhebend). Ja, ich glaube selbst, es ist
besser, ich gehe. (Verbeugt sich und verläßt das Zimmer.)

Zweiter Auftritt.

Doktor Kamp. Richard ist wahrhaftig noch derselbe
Schwärmer, der er auf der Universität war.

Kommerzienrat Lautenschläger (nervöser, sehr schnell
sprechender Herr). Jugendidealismus, der sich sehr bald
verlieren wird! Vor zehn Jahren war mein Junge
gerade so: Feuer und Flamme, helle Begeisterung für
die Arbeiter und Arbeiter innen! Wollte sogar solch'
ein Mädel heiraten. Leider hatte die schon einen Schatz,
der meinen liebeskranken Karl mit Hilfe einiger Kameraden
eines schönen Abends recht gründlich durchwalkte. War
eine großartige Kur! Karlchens Sympathie für die geknechtete Arbeiterschaft kühlte sich plötzlich recht ab, um
bald völlig zu erlöschen.

Doktor Kamp. Hahaha! Sehr gut! Wirklich ausgezeichnet!

Trübner. Aber wir schweifen ab, meine Herren! Es sind noch einige Nebenpunkte zu erledigen. Was die Höhe der Konventionalstrafe anbetrifft —

Doktor Kamp. Mir ist jeder Betrag recht.

Lautenschläger. Mir auch!

Trübner. Gut! Dann setzen wir vielleicht 30000 M. für jeden Übertretungsfall —

Lautenschläger. Etwas hoch, aber schließlich —

Doktor Kamp. Warum zu hoch? Wer einmal unterschreibt, wird doch den Vertrag auch halten.

Lautenschläger. Gewiß! Gewiß! Das ist ja schließlich nur pro forma. Aber es können doch Umstände eintreten, durch die man gezwungen wird, ich will nicht sagen, den Vertrag zu brechen, aber doch —

Doktor Kamp. Ich wüßte nicht welche Umstände, verehrtester Herr Kommerzienrat?

Lautenschläger. Nun denn, ich füge mich der Überzahl. Schreiben wir 30000!

Trübner (überlegend). Wir sind nicht in der Überzahl, denn da Sie außer der Ihrigen noch die Firma Müllbach u. Co. vertreten, so —

Lautenschläger. Macht nichts! Macht nichts, lieber Trübner! Schreiben Sie nur 30000!

Trübner. Gut! Wie Sie wünschen! (Steht auf.) Also ist unser Vertrag in den Grundzügen festgelegt. Ich hoffe aufrichtig, daß wir nie Veranlassung haben werden, ihn in Wirksamkeit treten zu lassen, aber es ist mir eine große Beruhigung, daß wir so den Arbeitern fest gegenüber treten können, daß uns niemand zwingen kann, nachzugeben.

Doktor Kamp. Wir werden allerdings, sollte der Streik in der That ausbrechen, einen hübschen Posten Geld verlieren; gerade jetzt —

Dritter Auftritt.

Ein Bedienter. Eine Deputation der Arbeiter wünscht den gnädigen Herrn zu sprechen.

Trübner. Führen Sie sie in den —; doch nein, sie sollen hier herein kommen! Nun werden Sie gleich hören, meine Herren, was meine Leute wünschen.

(Der Bediente ab.)

Vierter Auftritt.

Die Vorigen. Dahlem, Stange, Brüllner, einige andere Arbeiter und Hatzberg treten ein.

Die Arbeiter verlegen und ungeschickt bis auf Brüllner, einen etwa 20jährigen Menschen, der mit Anmaßung und Frechheit auftritt.

Lautenschläger. Wollen Sie in unserer Gegenwart, Herr Trübner —?

Trübner. Gewiß! Bleiben Sie hier, meine Herren, wenn ich bitten darf!

Doktor Kamp (zur Seite). Das verspricht interessant zu werden!

Trübner (zu den Arbeitern). Ich bin zu Ihrer Verfügung, meine Herren!

Hatzberg (vortretend, selbstbewußt). Es ist von der Arbeiterschaft der Firma Heinrich Trübner einstimmig beschlossen worden, daß ich —

Trübner (ruhig). Ich kenne Sie ja gar nicht! Was haben Sie mit meinen Arbeitern zu thun?

Hatzberg (mit Verbeugung). Gestatten Sie, Herr Trübner: Mein Name ist Hatzberg. Ihre Arbeiter haben mich ersucht — hm — wie soll ich sagen -- in der vorliegenden Sache den Anwalt, den Vermittler zu machen, da im Interesse einer schnellen Erledigung —

Trübner. Zwischen mir und meinen Arbeitern bedarf es keines Vermittlers, also bitte —

Hatzberg. Verzeihung, Herr Trübner! Glauben Sie nicht, daß in Ihrem eigenen Interesse —

Trübner. Ich erkläre nochmals, daß ich keinen Vermittler brauche — und einen Hetzer erst recht nicht! Denken Sie, ich weiß nicht, daß Sie seit Wochen, ja seit Monaten sich damit beschäftigen, meine Leute aufzuwiegeln? Aber hüten Sie sich! Meine Geduld ist zu Ende. Und für heute: Dort ist die Thür!

Hatzberg. Ein Empfang, wie ich ihn nicht besser erwartet hatte. Aber hüten auch Sie sich, Herr Trübner! Auch unsere, auch der Arbeiter Geduld ist erschöpft. Vielleicht rechnen auch wir noch einmal mit einander ab! (Er geht. An der Thür spricht er noch einige leise Worte zu Dahlem, dem er ein Papier übergiebt. Dahlem schüttelt bestürzt den Kopf. Hatzberg ab.)

(Pause.)

Fünfter Auftritt.

Trübner. Nun sagen Sie, was Sie wünschen!

(Die Arbeiter reden leise auf Dahlem ein, der endlich schüchtern vortritt.)

Dahlem (mit dem Papier in der Hand). Wir wollten, — wir haben beschlossen, Herr Trübner — ja so! Hier ist ja die Liste. (Versucht zu lesen.) Meine Augen sind so schwach — ich weiß nicht — (blickt sich verlegen um).

Brüllner (halblaut). Gieb her, olle Schlafmütze! (Reißt ihm das Papier aus der Hand und stellt sich vor Trübner.) Die Einleitung will ich mer schenken! Also, Punkto eins! (Liest.) Die vor fünf Jahren seitens des Herrn Trübner errichteten Arbeiterwohnungen sind als durchaus ungenügend —

Trübner. Gehen Sie gleich zum nächsten Punkte!

Brüllner (blickt verblüfft auf). Punkto zwei! Es hat sich herausgestellt, daß die Errichtung einer Bibliothek durchaus notwendig sei. Die geistige Fortbildung des Arbeiters, die Aufklärung —

Doktor Kamp. Bei Gott unerhört! } gleichzeitig.

Trübner. Sparen Sie sich das! Und die nächste Überraschung?

Brüllner. Eine Kürzung der Arbeitszeit ist als unumgänglich notwendig befunden worden. Es wird also —

Trübner. Genug! Und wenn ich auf diese Bedingungen nicht eingehe?

Brüllner. So treten wir binnen vier Wochen in den Ausstand.

Trübner (mit eiserner Ruhe). Dazu wird die Gelegenheit Ihnen fehlen. Hören Sie meine Antwort! In acht Tagen werden meine Werke bis auf weiteres geschlossen. Heute noch werden meine sämtlichen Leute ihre Kündigung erhalten.

Doktor Kamp. Bravo!
(Pause.)

Brüllner. Ist das — ist das Ihr Ernst, Herr Trübner?

Trübner. Was sonst? — Dahlem! (Er nimmt Dahlem bei Seite und spricht leise zu ihm.)

Brüllner (auf die beiden zutretend). Hier gehörste her, Dahlem! Keene stillen Abmachungen, das geht nich! Komm! Hier hammer nischt mehr zu suchen! (Packt ihn am Arm.)

Trübner. Unverschämter! Hinaus!

Brüllner (frech). Nu freilich! Was denn sonst? Aber der geht ooch mit. Der gehehrt zu uns. (Die Arbeiter ab. Dahlem wird von Brüllner hinausgezogen.)

Sechster Auftritt.

Lautenschläger. Ist das in der That Ihr Ernst? In acht Tagen wollen Sie Ihre Werke —?

Trübner (heftig). Gewiß! Gewiß! Und wenn ich mein Vermögen dabei verliere! Mich wollen sie zwingen! Mich!

Doktor Kamp. Sie haben Recht, vollkommen Recht, Herr Trübner. Die Zähne muß man dem Pack zeigen; dann duckt es sich.

Lautenschläger. Nun ja! Aber ich weiß doch nicht. Allzu scharf macht — aber schließlich bei diesen Forderungen! Wir werden ja sehen. (Steht auf.) Adieu, Herr Trübner. Also heute Abend! Es wird mir ein Vergnügen sein.

Trübner. Ja, punkt sechs, bitte, meine Herren! Ich rechne auf Sie. Auf Wiedersehen. (Lautenschläger und Kamp ab.)

Siebenter Auftritt.

Trübner (setzt sich und bleibt eine Weile in Gedanken versunken; dann springt er wieder auf). Das hätte ich nicht gedacht! Meine Leute! Meine Arbeiter! Aber ich werde doch bei meinem Entschlusse bleiben. Niemand soll sagen können, ich hätte nachgegeben. Mich zwingt man nicht. Im Guten — alles! Im Bösen — nichts!

(Richard kommt von links.)

Achter Auftritt.

Richard. Vater!

Trübner. Ja?

Richard (aufgeregt). Ist es wahr, was Kamp mir soeben sagte, daß sämtliche Arbeiter entlassen, daß die Werke bereits in acht Tagen —

Trübner. Vollkommen wahr!

Richard. Ist es möglich?! Und Du denkst nicht an das namenlose Elend, das Du damit heraufbeschwörst? Du denkst nicht an die unschuldigen Frauen und Kinder, die unter dieser grausamen Maßregel am meisten —

Trübner. Grausame Maßregel? Haha? Das war fein gesagt! Also ich bin es, der seine Arbeiter maßregelt? Du bist rasch mit Deinem Urteile! Hast Du von den Forderungen gehört, die meine Leute zu stellen wagen? Und ist Dir bekannt, was erfolgen wird, wenn ich diese Forderungen, von denen eine unverschämter als die andere ist, zurückweise?

Richard. Nun ja, ich weiß — man droht mit Streik, aber —

Trübner. Also man will mich zwingen! Ich bin es, der gemaßregelt werden soll! Ich! Dagegen verteidige ich mich. Das ist mein Recht, mein heiliges Recht, das mir niemand abstreiten soll!

Richard. Aber Du hast Pflichten, Vater, Pflichten gegen die Arbeiter, denen Du unter allen Umständen nachkommen mußt.

Trübner. Und die Arbeiter? Haben die keine Pflichten?

Richard. Doch! Aber die Arbeiter sind irre geleitet, verführt. Sie hören auf die Stimmen der Hetzer —

Trübner. Warum lassen sie sich verführen? Sie haben Urteilskraft so gut wie ich. Und sie hätten bedenken sollen! — Aber Dankbarkeit ist eine Tugend, die man bei der Masse vergeblich sucht.

Richard. Da irrst Du, Vater. Der einfache Mann hat ein braves Herz, und Dankbarkeit —

Trübner. Nein! Komm, sieh her! (Er führt Richard zum Fenster.) Das alles — so weit Du blicken kannst und weiter! — war vor vierzig Jahren eine Wüste, eine Einöde, die keinen Menschen nähren konnte. Die ganze Gegend war bettelarm. Jetzt finden dreitausend Menschen Brot und Auskommen hier; dreitausend! Und das ist mein Werk, meins allein! Ich war selbst ein Arbeiter; vergiß das nicht! Es war eine Zeit, wo ich keinen Pfennig besaß. Aber ich habe gearbeitet Tag und Nacht. Nun ja, ich hatte Erfolg, ich bin reich geworden. Aber nie habe ich derer vergessen, die mir dabei geholfen haben. Ich habe viel für sie gethan — aus freien Stücken! Denk' an die Witwen= und Waisenkasse, denk' an die Stiftung für alte Arbeiter, denk' an die Arbeiterwohnungen! Da stecken Millionen drin! Und was hab' ich dafür? Heute kommen meine Leute, für die ich gesorgt habe wie ein Vater, und sagen — bei Gott! — ja, hast du's gehört? Die Wohnungen hat man als „ungenügend" befunden! Ich habe noch, als ich schon ein Vermögen mein nannte, in einem armseligen Mietshause gewohnt! (Pause.) Aber jetzt werde ich andere Saiten aufziehen. Sie sollen mich kennen lernen!

Richard. Vater, sei nachsichtig! Die Leute handeln unüberlegt; sie sind aufgereizt —

Trübner. Sie sollen ihre Ohren den Hetzern nicht leihen. Haben sie Ursache zu gerechter Klage, so sollen sie sich direkt —

Richard. Du giltst ihnen als barsch und unzugänglich, Vater —

Trübner. Ist das so? Also man fürchtet mich gewissermaßen? — Richard, ich will Dir eins sagen, vielleicht scheint Dir's unglaubhaft: Einst war auch ich wie Du. Aber in dem Kampfe, den ich gekämpft, gehen die Ideale zum Teufel. Und was noch bleibt — was bei mir geblieben war! — das haben die Arbeiter mir genommen; meine Arbeiter! Was ich auch immer Gutes that, es war nie genug! Und immer fanden sich Stimmen, die das verdächtigten, was ich in reinster, edelster Ab=

sicht that. Da wird man kalt und hart. Du wirst es selbst noch einsehen: Gieb ihnen den Finger, und sie wollen die Hand, gieb ihnen die Hand, und sie wollen den Arm dazu haben!

Richard. Aber so sind sie nicht alle, Vater, versuche es noch einmal im Guten! Glaube mir, es wird gehen.

Trübner. Man hat mich zwingen wollen — ich habe mich noch nie zwingen lassen.

Richard (bewegt). Dann muß ich — dann muß ich gehen, Vater!

Trübner. Gehen? Was meinst Du damit?

Richard. Du kennst meine Ansichten. Du weißt, daß ich es als meine höchste Aufgabe betrachte, den Streit der Klassen schlichten zu helfen oder wenigstens dazu beizutragen, daß —

Trübner (etwas ironisch). Du willst also gewissermaßen den Apostel spielen, den Apostel einer neuen, volksbeglückenden Lehre. Und Du glaubst in der That, daß Du mit diesen verschrobenen, verschwommenen Ideen bei den Massen Gehör —

Richard. Vater!

Trübner. Ich wollte Dich nicht beleidigen. Ich sagte Dir bereits, daß ich früher einmal Ähnliches geträumt, aber es geht nicht! Ich sage Dir: es geht nicht.

Richard. Es wird und muß gehen! Noch hat niemand seine ganze Persönlichkeit eingesetzt für das, was ich zu thun gedenke. Man muß sich selbst vergessen, das Selbst töten, um für die Andern zu leben. Das ist die erste Bedingung, und damit will ich Wunder schaffen.

Trübner. Du meinst — verstehe ich Dich recht — Du willst alles aufgeben, was Dir hier geboten wird, alles, um —?

Richard. So ist es, Vater!

Trübner. Ich habe nur einen Sohn —

Richard. Vater, ich muß! (Pause.)

Trübner. Und Du bist doch auf einem Irrwege. Du kannst hier mehr Gutes schaffen, als wenn Du hinausziehst, um — um in der Wüste zu predigen.

Richard. Dreitausend Leute sind viel, aber sie bilden doch nur einen Tropfen in dem Meere der Elenden.

Trübner. Also meine Arbeiter sind Deiner Meinung nach Elende, Notleidende?

Richard. Ja! Denn sie sind nicht frei!

Trübner. Sie sind frei wie Du und ich — oder vielleicht freier!

Richard. Eine schöne Theorie! In der Praxis sieht die Sache anders aus. Binnen acht Tagen schließt Du Deine Fabriken, und Deine Leute sind frei — zu verhungern!

Trübner. Binnen vierzehn Tagen streikt man, und ich bin frei, mein sauer erworbenes Vermögen zu verlieren!

Richard. Aber was soll diese Spiegelfechterei zwischen uns! Noch einmal bitte ich Dich, flehe ich Dich an, Vater: nimm Deine Drohung zurück! Gieb nach, da Du der Stärkere und Weisere bist. Versuch's noch einmal im Guten! Die Arbeiter werden Deinen Vorstellungen zugänglich sein.

Trübner. Ich kann nicht. Man hat mich zu schwer gereizt. Du weißt nicht, was es heißt, die besten, edelsten Absichten — doch höre: Nimm an, ein bedauernswerter Bettler, der Dein Mitleid erregt, geht an Dir vorüber. Großmütig greifst Du in die Tasche und nimmst die Börse heraus. Ein Goldstück für den Armen! Da fährt Dir der Bettler mit den Händen an die Kehle und würgt Dich, um Dir Deine Börse zu entreißen. Nun, was würdest Du thun?

Richard. Ich würde ihn natürlich nieder — (zögernd, plötzlich verstehend) laufen lassen und versuchen —

Trübner. Nachdem er Dich totgeschlagen! Sehr gut, mein Junge; Du bist ein wahrer Christ.

Richard. Nicht diesen Spott, Vater!

Trübner. Ich will mein Beispiel illustrieren. (Er geht zum Schreibtisch und nimmt ein Bündel Papiere aus einem Schubfach.) Hier, betrachte das!

Richard (durch die Papiere blätternd, erstaunt). Das hast Du gewollt? 300000 Mark zur Errichtung eines neuen Schulhauses und einer Bade-Anstalt. Ferner —

Trübner (nimmt die Papiere). Es ist gut! So! (Zerreißt die Papiere).

Richard. Vater, was thust Du?!

Trübner. Was ich muß!

Richard. Nun wohl — adieu Vater! Und zürne mir nicht! (Giebt ihm die Hand.)

Trübner. Überlege, was Du thust! Überleg' es noch einmal. Du willst gegen die Masse kämpfen. Die Masse ist ein Meer von Vorurteilen, die Masse ist

Unvernunft, Dummheit, Beschränktheit, und Du als Einzelner! Du bist ein Schilfrohr —

Richard. Ja, aber „ein denkendes". Das ist es eben! Der Gedanke wird und muß sie zwingen.

Trübner. Man wird an Dir zweifeln, man wird Dich verdächtigen —

Richard. Wie ist das möglich? Ich beweise durch die That, daß ich aus Überzeugung kämpfe, daß ich es ehrlich meine.

Trübner. Man wird Dir dennoch nicht glauben; man wird trotz allem an Dir zweifeln.

Richard. Aber nicht lange!

Trübner (schwer). Denke daran, daß Du noch mehr Verpflichtungen hast: Du hast eine Braut!

Richard. Ich werde mit ihr reden. Heute noch —

Trübner. Thue es! Heute ist ihr Geburtstag —

Richard (dumpf). Ich kann nicht anders!

Trübner (mit erzwungener Ruhe). Wann gedenkst Du zu gehen?

Richard. Morgen, Vater.

Trübner. Nun wohl — so geh'! (Wendet sich ab.)

Richard (ihm nacheilend). Vater!

Trübner (wendet sich um und umarmt ihn. Erschüttert). Mein Sohn!

Vorhang.

Dritter Aufzug.

Ein großer Raum im Hause Trübners, halb Wintergarten, halb Salon, auf das Vornehmste eingerichtet. In der großen Glaswand des Hintergrundes befindet sich eine Thür, die auf einen Balkon hinausführt; eine andere Thür rechts. Links schwere Portièren, die den Eingang zum Saale verdecken. Trübner, Doktor Kamp, Kommerzienrat Lautenschläger, Richard, Helene, Fräulein Lautenschläger und andere Damen und Herren in lebhafter Unterhaltung. Aus dem Saale schallt gedämpfte Musik.

Erster Auftritt.

Trübner. Die Musik! Meine Herren, ich bitte Sie, ihre Damen nach dem Saale zu führen.

Frl. Lautenschläger. Ach, wie schade, Herr Trübner! Wir haben uns so himmlisch unterhalten. Herr Richard spricht so reizend; ich war ganz entzückt und ganz beschämt zu gleicher Zeit.

Trübner. Worüber denn, mein liebes Fräulein?

Frl. Lautenschläger. Er hat so edle Ansichten über die Liebe — nein, so meinte ich's nicht! Über die Menschenliebe! Alle Menschen seien Brüder und — und — Ja, er ist ein reiner — Altruist glaube ich, nennt man's? Da kam ich mir so schlecht und egoistisch vor.

Trübner. Hm —!

Frl. Lautenschläger. Dafür könnte ich nun schwärmen, wirklich!

Doktor Kamp (hinzutretend). Sprechen Sie über meinen Freund Richard, gnädiges Fräulein?

Frl. Lautenschläger. Ja — nein! Das heißt —

Doktor Kamp. Der Beneidenswerte! Also schwärmen!

Frl. Lautenschläger (schamhaft entrüstet). Aber Herr Doktor! Sie haben gar nicht verstanden; das habe ich nicht gesagt!

Doktor Kamp. Aber doch gemeint, gnädiges Fräulein, nicht wahr?

Frl. Lautenschläger. Wie ungezogen Sie sind, Herr Doktor! Da, nehmen Sie das! (Schlägt ihn mit dem Fächer.)

Doktor Kamp. Ein Fächerschlag, ein halber —

Frl. Lautenschläger (ihn unterbrechend). Nein, Sie sind aber doch zu arg, Herr Doktor!

Doktor Kamp. Ja, ich bin nun einmal kein Altruist, wie —

Frl. Lautenschläger. Wie Herr Richard Trübner, wollen Sie sagen?

Doktor Kamp. Gewiß wollte ich das sagen! Wie mein lieber, hoch talentierter Freund Richard.

Frl. Lautenschläger (leise). Warum sagen Sie denn das mit so eigentümlicher Betonung?

Doktor Kamp. Ich wüßte nicht —

Frl. Lautenschläger. O! Sie wissen doch!

Doktor Kamp. Was denn?

Frl. Lautenschläger. Wie Sie nun wieder fragen! O, Sie sind unausstehlich heute, Herr Doktor Kamp!

Doktor Kamp. Danke für das Kompliment, gnädiges Fräulein!

Frl. Lautenschläger. Kommen Sie, Herr Doktor! Wir sind beinahe die letzten; nur das glückliche Brautpaar noch — (sieht sich nach Richard und Helene um, die auf einem Divan Platz genommen haben und sich leise unterhalten). Es scheint, als ob sie nur darauf warteten, daß auch wir uns entfernen.

Doktor Kamp. Dann sollten wir gerade hier bleiben!

Frl. Lautenschläger. O, wie boshaft Sie wieder sind!

(Beide ab durch die von einem Diener offen gehaltene Portière, durch die schon vorher sämtliche Anwesende bis auf Richard und Helene nach dem anstoßenden Saale passiert sind.)

Zweiter Auftritt.

Helene (mit sanftem Vorwurf). Und wir? Was hast Du denn, Richard? Was soll die Wolke auf Deiner Stirn, heute, zu meinem Geburtstage? Der Zwist mit Vater von heute Nachmittag? — Geh! Gieb Vater die Hand und söhne Dich aus mit ihm! Bitte, bitte!

Richard (seufzend). Ich wollte, ich könnte! Ich wollte, ich —! (Schlägt sich mit der Hand vor die Stirn.)

Helene (erschrocken). Richard! Geliebter!

Richard (legt die Hände vor's Gesicht; mechanisch wiederholend). Geliebter!

Helene (kniet vor ihm).. O sag' mir, was Dir fehlt! Sag' es mir! Vielleicht kann ich Dir helfen.

3*

Richard. Das kannst Du nicht — aber — (nach einer Pause) liebe, liebe Leni, ich habe eine große Bitte an Dich.

Helene. Eine Bitte? An mich? Was kannst Du von mir erbitten, da alles, was mein ist, Dir gehört!

Richard. Nun denn! (Rauh.) Gieb mir mein Wort zurück!

Helene (springt auf, ihn seltsam ansehend, mit tonloser Stimme). Ich soll Dich freigeben?

Richard (dumpf, aber entschlossen). Ja!

Helene (zurückweichend, leise). Nun wohl — Du bist frei!

Richard (erhebt sich). Helene! Du verstehst mich nicht! Ich seh's in Deinen Augen. Blicke nicht so! (Schmerzlich erregt, schnell.) Ich schwöre Dir's, daß ich Dich mehr liebe wie je, daß ich Dich lieben werde, so lange ich lebe. Und ich zweifle nicht an Deiner Liebe zu mir! Ich weiß wie gut und treu Du bist, ich weiß —

Helene (fällt ihm jubelnd um den Hals). Dann bist Du mein! Mein für immer! Und ich will Dich nicht losgeben, lieber, lieber Richard!

Richard (drängt sie sanft von sich). Und doch! Es muß sein! Wenn Du mich nicht zum Verräter an mir selbst machen willst, so laß mich! O, wenn Du mir nahe bist, wenn Deine Arme mich umschlingen, wenn ich Deine Küsse trinke und Dein Haar streichle — dann könnte ich alles, alles für Dich opfern: eine Welt, mein Leben, meine Seligkeit! Darum mußt Du mich fliehen! denn ich darf Dich nicht besitzen. Deine Liebe ist nicht für mich! — O Geliebte! Ich sehe die Thränen in Deinen Augen. Daß ich Dir Schmerz bereiten muß,

macht mich doppelt elend. Aber ich kann Dir und mir
nicht helfen! Ich muß! Ja, ich muß! Es giebt ein
Ding, das noch höher ist als Liebe: Die Pflicht!
      Helene.   Und es ist Deine Pflicht, mich zu verlassen,
Deinen Schwur zu brechen? (Traurig.) Ich verstehe
Dich nicht!
      Richard.   Niemand versteht mich, das ist es ja!
Aber ich will mich erklären. Komm, setze Dich! (Führt
sie zum Sopha.) Du weißt, ich habe mich stets für die
arbeitende Klasse interessiert; ihr Los hat mir am Herzen
gelegen, so lange ich denken kann. Lange Zeit habe ich
geglaubt, ich würde hier in der Stellung, zu der ich als
dereinstiger Nachfolger Vaters berufen bin, großen Segen
stiften können, aber ich habe mehr und mehr einsehen
gelernt, daß ich mich täuschte. Ich kann hier nur einer
beschränkten Anzahl von Existenzen in beschränktem Maße
nützlich sein, ohne der Allgemeinheit nützen zu können. —
Da, voriges Jahr, als ich in Paris war, fand ich end=
lich den einzigen Weg, der zum Ziele führen kann. Ich
kam aus einer Arbeiterversammlung; neben mir schritt
ein alter, ehrwürdiger Freund, dem ich schon viel ver=
dankte an anregenden, fruchtbringenden Ideen. Wir
sprachen die Diskussion, deren Zeugen wir soeben ge=
wesen, noch einmal durch, als er endlich ausrief: „Und
es ist doch alles umsonst, alles! Es fehlt an Ver=
kündigern der neuen Lehre; es fehlt an Aposteln, die
allem was ihnen lieb und wert, den Rücken kehren, um
das Heil zu künden. Es fehlt an der wahren, auf=
richtigen Begeisterung! Dem Manne, der, selbst reich
und unabhängig, für die Enterbten predigt und schreibt,

glaubt man nicht, kann man nicht glauben, und den Arbeiter, der in gerechtem Zorne das Elend seiner Genossen, seiner Klasse schildert, sieht man als Hetzer und Aufrührer an. O wäre ich noch einmal jung, und wäre ich reich!" Und was würden Sie thun? fragte ich betroffen. „Alles von mir werfen, mit meiner Hände Arbeit mein Brot verdienen und das neue Heil — Versöhnung und Fortschritt predigen. Ah! Wie sie meinen Worten lauschen, wie sie mich feiern würden! Wie ich ihn im Geiste höre, den frenetischen Jubel, mit dem sie mich als Befreier grüßen, wie ich die Fluten goldenen Lichtes sehe, die von meinen Worten ausströmend die Herzen der ganzen Welt erleuchten würden! Wie die Scharen mir folgen! Wie sie zu Massen sich sammeln, Arm und Reich, Bettler und Millionär! Wie ihr Lustgeschrei und ihre Friedenshymnen mir in die trunkenen Ohren tönen! — Ah! Nur jung! Nur noch einmal jung!" — Wir gingen die Champs Elysées hinauf. Hinter dem Triumphbogen sank die Sonne und flammender Glutschein brach durch die mächtige Öffnung des Riesenbogens, alles mit zauberhaftem Lichte verklärend. Das ehrwürdige, prophetische Antlitz meines Freundes war wie mit überirdischem Feuer erleuchtet. „So wird das Licht des neuen Heilands, der neuen Apostel strahlen! So wird es die ganze Welt füllen mit seinem Flammenlichte, mit dem Flammenlichte der Liebe!" — Da ging es durch mein Herz wie eine Offenbarung. Ich will einer sein von ihnen! rief ich begeisterungstrunken; ich will herabsteigen von der falschen Höhe des Reichtums und der Macht, um die wahre Höhe des Geistes und der Liebe zu erklimmen! Ich will hinausziehen als armer Fischer und Herzen fangen! "So sei es!" sagte mein Freund und seine Augen segneten mich. (Pause.) Leni, verstehst du mich jetzt?

Helene. Ich verstehe Dich.

Richard. Und so siehst Du, daß wir uns trennen müssen?

Helene. Nein! O nimm mich mit Dir! Was thut's, wenn wir arm sind? Wir werden doch glücklich sein zusammen! Nichts soll uns scheiden; ich will Dir folgen, wohin Du auch gehst.

Richard (erschüttert). O Du Einzige! Und Dich soll, Dich muß ich aufgeben?! — Und doch! Es muß sein! (Entschlossen). Nein! Dein Opfer kann ich nicht annehmen. Ich werde ohne alle Mittel sein; ich werde arbeiten, kämpfen müssen um meinen Unterhalt. Für Dich wäre der Kampf zu hart. Und Du mußt ja auch beim Vater bleiben. Wir können ihn nicht beide verlassen. Nach Jahren vielleicht, wenn ich mich emporgerungen, wenn ich mir selbst eine Existenz geschaffen, wenn niemand mehr an mir zweifeln kann, wenn meine Worte hinausgeklungen sind in die Welt und ein Echo gefunden haben in den Herzen der Tausende — dann Geliebte, wenn Du bis dahin keinen gefunden, der würdiger ist als ich —

Helene (feierlich). Ich will Dir treu sein bis zum Tode und Gott alle Tage auf den Knien anflehen, daß er Dir Erfolg schenke.

Richard (umarmt sie). Und so leb' wohl, Du Herrliche! Schon morgen werde ich das Haus verlassen, um ein neues Leben zu beginnen. Das ist der letzte Abend, den wir gemeinschaftlich unter diesem Dache verbringen, der letzte für lange, lange Zeit! Nun komm! Man wird das Geburtstagskind vermissen.

Helene. Geh Du, und laß mich noch ein Weilchen hier; mir ist so schwer ums Herz.

Richard. Wie Du willst, Lieb! (Ab.)

Dritter Auftritt.

(Aus dem Saale schallen Walzermelodien.)

Helene. (Geht langsam zum Sopha zurück und setzt sich. Schluchzend.) Und so geht er dahin und läßt mich einsam. Und ich kann ihn nicht halten! — Wie edel er ist und gut! O dürft' ich doch mit ihm ziehen! (Es klopft. Helene hört es nicht. Darauf klopft es noch einmal, und endlich wird die Thüre geöffnet. Marie tritt schüchtern ein.)

Vierter Auftritt.

Marie (leise). Gnädiges Fräulein!

(Helene hört nicht.)

Marie (geht bis zum Sopha). Gnädiges Fräulein! Bitte! — Verzeihen Sie! Ich wollte —

Helene (blickt auf). Marie! Was führt Sie hierher? Jetzt!

Marie. Ich war vor einer halben Stunde schon vor Ihrem Hause, aber man ließ mich nicht ein. Jetzt bin ich hereingeschlichen. (Aufgeregt.) Denn ich wollte Sie warnen! Die Arbeiter haben eine Versammlung unten im „Löwen", und sie haben beschlossen, hier vor

Ihr Haus zu ziehen. Haßberg hat eine lange Rede
gehalten und die Arbeiter sind ganz wild. Sie wollen
Gewalt anwenden. Verlassen Sie das Haus schnell,
ehe sie kommen! Sagen Sie's Herrn Trübner und
warnen Sie Herrn Richard —

Helene. Es wird uns nichts geschehen! Richard
ist doch der beste Freund der Arbeiter, und Herr Trübner
hat ihnen soviel Gutes gethan —

Marie. Aber Haßberg! Die Leute thun alles,
was er sagt. Er predigt Aufruhr, und Herr Richard
sei nur ein Spion!

Helene. Die Verblendeten! Aber warum kommen
denn Sie zu uns? Ist doch sogar Ihr Vater bei der
Streikkommission und der Herr Haßberg? — Wie ich
gehört habe, wie ich glaubte —

Marie. O liebes gnädiges Fräulein! Mein
Vater weiß nicht mehr, was er thut, seit mein Bruder
tot ist, und Oskar — Herr Haßberg meine ich — er
hat mich schmählich betrogen und verraten. (Wirft sich
schluchzend nieder.) O gnädiges Fräulein! Bitte, bitte
helfen Sie mir! Ich bin ehrlos und unglücklich. Ich
möchte weit fort von hier, recht weit, daß niemand
meine Schande sieht. Senden Sie mich irgend wohin!
Ich will alles thun! Ich will mir die Hände blutig
arbeiten, ich —

Helene. Stehen Sie auf, armes Kind! Ich will
Ihnen gern, recht gern helfen. Aber was soll Ihr alter
Vater thun, wenn Sie fort sind?

Marie. Mein armer, armer Vater! Aber ich
muß fort von hier! Meine Schande würde ihn töten.

Helene. Und Hatzberg? Hat er nicht versprochen —

Marie. Alles, alles hat er versprochen, was ein ehrliches Mädchen verlangt. Aber jetzt will er mich nicht mehr, der Lügner! Und jetzt, seit ich ihn kenne, seit ich ihn recht kenne, möchte ich ihn nicht heiraten um alles Gold in der Welt. O Fräulein! Sie wissen nicht, wie ich ihn hasse, seit —! Ich verabscheue ihn!

Helene. Und doch haben Sie ihn einst geliebt?!

Marie. Ja! Er hat mich mit seinen Worten gefangen. Er kann zaubern mit Worten und Blicken. Als ich ihn kennen lernte, als er zu mir sprach von Liebe, und wie schön die Welt sei für die, die es wüßten, da war mir, als ging die Sonne über mir auf, als dufteten viele, viele Blumen um mich. Ich glaubte auf einem Berge zu stehen und hinab zu schauen in ein herrliches, wunderbares Land, von dem ich manchmal geträumt. Und er stand neben mir und wies mit der Hand hinaus. Sein Blick drang wie ein Messer in mein Herz und er sagte: „Sieh', das alles ist unser, wenn Du nur willst — wenn Du nur willst!" Und ich wollte endlich. (Sie weint.)

Helene (leise). Und dann hat er Sie verraten, der Elende! (Pause.) Aber ich werde für Sie thun, was ich kann. Weinen Sie nicht! Schon morgen sollen Sie von mir hören!

Marie. Vielen, vielen Dank, gnädiges Fräulein! Sie haben schon so viel Gutes an uns gethan. Als Alfred krank war, und —

Helene. Stille, stille! Ich that nur meine Pflicht.

Marie (erhebt sich). Ich muß fort! — O, fliehen Sie, ehe die Arbeiter kommen! Ich habe so Angst um Sie!

Helene. Ich fürchte mich nicht und weder Herr Trübner, noch Herr Richard würden das Haus verlassen. Es wird auch dazu kein Grund sein. — Und nun Adieu, Marie. Verlieren Sie den Mut nicht! Ich werde Ihnen helfen, so viel ich kann.

Marie. Adieu, liebes, gnädiges Fräulein, und vielen, vielen Dank! (Ab.)

Fünfter Auftritt.

Helene. Das arme Mädchen! — Das also sind die Leute, denen unsere Arbeiter folgen, blindlings, ohne Überlegung — wenn sie die Wahl haben zwischen einem Richard Trübner und einem Hatzberg! Es wäre zum Lachen, wenn es nicht so traurig wäre! (Doktor Kamp von links.)

Sechster Auftritt.

Doktor Kamp. So einsam, gnädiges Fräulein? Sie lassen sich doch hoffentlich die Geburtstagslaune nicht von der Unzufriedenheit einer verehrten Arbeiterschaft stören? Das wäre doch dem Gesindel zu viel Ehre angethan.

Helene. Gesindel? Den Ausdruck möchte ich doch nicht so ohne Weiteres auf unsere Arbeiter anwenden. Es sind recht viel brave Leute darunter.

Doktor Kamp. Brav? Gewiß, so lange sie für recht gute Bezahlung recht wenig zu schaffen brauchen, sind sie wie die Lämmer. Aber sonst! — Doch reden wir nicht davon!

Helene. Das ist vielleicht besser, denn wie ich von Richard weiß, haben Sie den seinigen gerade entgegengesetzte Ansichten.

Doktor Kamp. Und gnädiges Fräulein teilen natürlich die Ansichten des Herrn Bräutigams?! Das ist erklärlich.

Helene (kühl). Gewiß!

Doktor Kamp. Aber der Grund Ihrer Verstimmung? Darf ich ihn nicht erfahren? Auch mein lieber Freund Richard drückt sich in allen Winkeln herum. (Unverschämt vertraulich). Vielleicht kleiner Zwist, kleine Meinungsverschiedenheit, wie es ja bei Verlobten —?

Helene. Bitte, mutmaßen Sie nicht! Übrigens —

Doktor Kamp (schnell). Verzeihung, gnädiges Fräulein! Ich meinte nur — ich glaube — meine — meine wirkliche Ansicht ist, daß mein lieber Freund Richard eigentlich sein kolossales Glück nicht zu schätzen versteht; einfach nicht begreift! Wenn Sie wüßten, wie Sie beglücken können nur durch einen Blick Ihrer herrlichen Augen —

Helene (sich halb abwendend). Herr Doktor!

Doktor Kamp. Pardon, Gnädigste! Ich wollte keine banale Schmeichelei sagen, gewiß nicht! Aber Sie werden wissen, was ich für Sie fühlte, ehe Sie die Braut meines Freundes wurden, was ich jetzt noch —

Helene (auf die Portière zugehend). Gehen wir in den Saal! Ich glaube, der Blumenduft hier verursacht mir Kopfweh.

Doktor Kamp (folgend). Wenn ich sehe, wie wenig sich Richard —

Helene (schroff). Ein Kritik meines Bräutigams ist mir gegenüber nicht am Platze.

Doktor Kamp. Ich bitte tausendmal um Verzeihung! Ich wollte auch nur — Ha! Was ist das? (Durch die Glaswand des Hintergrundes fällt grelles, flackerndes Fackellicht. Das anschwellende Gemurmel vieler Stimmen wird hörbar.)

Helene. Das sind unsere Arbeiter.

Doktor Kamp (aufgeregt). Was wollen sie? Das ist Empörung! Man muß Militär herbeirufen, sofort, telephonisch! (überlegend.) Das Haus hat doch sicherlich einen Hintereingang, im Falle —

Helene (spöttisch). Gewiß! Sie können sich durch den Garten retten!

Siebenter Auftritt.

(Heinrich und Richard Trübner, Kommerzienrat Lautenschläger, Fräulein Lautenschläger und andere der geladenen Herren und Damen drängen herein.)

Trübner. Also so weit ist es gekommen! Das sind meine Leute, meine Arbeiter? Das versteh' ich nicht mehr!

Lautenschläger. Aber das ist ja polizeiwidrig! Zusammenrottung! Aufruhr! Man muß die Leute nach Hause schicken, einfach nach Hause schicken! Das ist ja noch schöner! Wohin soll denn das führen? Das dürfen wir ja gar nicht, das können wir ja gar nicht dulden!

(In das Stimmengemurmel mischen sich laute, brüllende Rufe und Gejohle.)

Doktor Kamp. Militär, Polizei herbei! Das ist das einzig Richtige. Nur das Lumpenpack nicht schonen! Einige über den Haufen knallen! Das wirkt als gute Lehre!

(Tumult; es werden Steine gegen die Scheiben geworfen. Eine Scheibe bricht klirrend entzwei.)

Richard. Ich werde die Leute zur Ruhe bringen. Ich weiß, es bedarf nur weniger Worte. Wenn sie mich sehen — (schreitet nach der Balkonthür, wendet sich aber noch einmal.) Vater! Ich bitte Dich noch einmal: Nimm' Deine Drohung zurück!

Trübner. Nein!

Richard. Nun, so muß ich versuchen —

Helene (hält ihn). Bitte, geh' nicht hinaus! Die Leute sind gereizt. Bleib' hier!

Doktor Kamp. Das dürfte in der That etwas zu viel gewagt sein!

Lautenschläger. Das würde ich Ihnen wirklich nicht empfehlen, lieber Herr Richard, aber schließlich —

Trübner. Du wirst ja sehen, wie weit Du kommst!

Frl. Lautenschläger (kreischend). Um Himmels Willen, Herr Trübner!

Andere. Nein! Nein! Nein! Bleiben Sie hier! Die Leute werden sich von selbst wieder zerstreuen!

Gleichzeitig.

Richard. Laß mich, Helene! Ich muß! Ich weiß, die Leute werden auf mich hören. Nur wenige Worte! (Er öffnet die Balkonthüre und tritt hinaus. Seine Gestalt ist von dem Fackellicht klar beschienen. Einen Augenblick herrscht Stillschweigen, dann bricht der Lärm von neuem los. Richard richtet einige Worte an die Versammelten, aber er wird überschrieen. Dann prasselt ein Steinhagel gegen die Fenster. Richard taumelt, von einem Steine an die Stirn getroffen, bewußtlos zurück.)

Helene (auf Richard zustürzend). Barmherziger Gott! Er fällt!

Doktor Kamp. Die gerechte Strafe für so unsinnige Renommage!

(Ausrufe des Schreckens.)

} Gleichzeitig.

(Richard wird, aus einer Stirnwunde blutend, bewußtlos nach einem Sopha getragen. Allgemeine, wilde Aufregung.)

Vorhang.

Vierter Aufzug.

Der mit Hochwald bestandene, steinige Gipfel des „Galgenbergs". Zwischen den Stämmen des Hintergrundes ein weiter Ausblick. Links steht ein Muttergottesbild. — Abenddämmerung.

Erster Auftritt.

Marie (schnell von rechts). Er ist noch nicht da! Was soll ich thun? (Blickt sich suchend nach allen Seiten um.) Wenn er hier mit ihnen zusammentrifft — er ist so kühn und furchtlos — dann ist er verloren. Sie werden ihn töten, steinigen. (Wirft sich vor dem Muttergottesbilde nieder.) O heilige, gnadenreiche Mutter Gottes, hilf mir! Mach mir offenbar, was ich thun soll!

Zweiter Auftritt.

Richard (von rechts). Gott sei Dank! Ich komme zur Zeit. Noch ist niemand hier. Wie stark und frei ich mich heute fühle! Es muß gelingen, ich weiß es!

Marie (springt auf). Herr Richard!

Richard. Was wollen Sie hier? Das ist heute kein Platz zur Andacht!

Marie. Wegen Ihnen komm ich, Herr Richard! Ich beschwöre Sie, verlassen Sie diesen Platz! Retten Sie sich! Ihr Leben ist in Gefahr.

Richard. Mein Leben in Gefahr? Was gilt das mir! Was soll ich fürchten? Nein Kind, kein Haar auf meinem Haupte werden sie krümmen. Ich will zu ihnen sprechen als einer der ihrigen. Jetzt kann ich's! Jetzt habe ich ein Recht dazu! Wer soll an mir zweifeln? Nein! Sie werden mir jubelnd folgen!

Marie. Ich weiß nicht, was Sie meinen, Herr Richard! Aber gehen Sie! Die Arbeiter werden von Hatzberg geführt, und sie thun, was er ihnen vorschreibt, sie können ihm nicht widerstehen! Niemand kann es. Er ist der Teufel selbst. O ich weiß es, ich weiß es! (Sinkt schluchzend nieder.)

Richard. Steh' auf Kind! Auch für Dich sollen Tage des Glücks kommen, wie für alle, für alle!

Marie. Für mich giebt es kein Glück mehr. — Aber ich bitte Sie, flehe Sie an: Gehen Sie, um Fräulein Helenens Willen! Die Arbeiter sind unten im „Löwen" versammelt. Ich habe gelauscht. (Schaudernd.) Furchtbare Reden sind gefallen von Feuer und Totschlag. Wer weiß, was heute noch geschehen wird! Die Leute sind betrunken, und Hatzberg leitet sie.

Richard. Hier ist mein Platz! Hier bleibe ich! Ich will den Verblendeten zeigen, wohin sie steuern. Ich will ihnen zeigen, welch' elender Geselle jener Hatzberg ist. Und sie werden mir willig, begeistert folgen!

Marie. Sie kennen die Arbeiter nicht! Und heute sind sie wie wilde Tiere. Selbst mein Vater ist mit ihnen! Ich konnte ihn nicht zurückhalten. (Kniet nieder vor dem Marienbilde.) O heilige Mutter Gottes, hilf mir!

Hübel, Apostel. 4

Richard (schnell). Ich höre Schritte und Stimmen, Marie!

Marie (springt auf). Sie wollen nicht? So muß ich fort! Wenn Hatzberg mich hier fände! Ich will zu Fräulein Helene und ihr —

Richard (feurig). Ja! Und sagen Sie, ich sei auf dem Platze, auf den ich gehöre!

(Marie ab.)

Dritter Auftritt.

(Die Arbeiter erscheinen einzeln und in Gruppen. Richard begrüßt einige, doch wird sein Gruß teils gar nicht, teils finster oder verlegen und kalt erwidert.)

Richard. Also auch Sie, Vater Dahlem? Sie waren doch noch vor kurzer Zeit ganz zufrieden mit Ihrem Lose? Brauchen Sie wirklich —

Brüllner. (dazwischen tretend). Er braucht, was wir brauchen! Er is eener von uns, versteh'n Se das, Herr Trübner? Und Sie ham sich gar nich in unsre Angelegenheiten zu mischen! Verstehn Se?

Richard. Nun, Dahlem?

Dahlem (langsam, zitterig). Ja, ja, Herr Trübner! Was die anderen wollen! Freilich! Wir sind eine — ja — eine große Familie; eine große, große Familie! Da gehör' ich mit zu. Freilich!

Brüllner (noch näher an Richard tretend). Was woll'n Sie denn überhaupt hier? Unsere Leute abspenstig machen? Was? Versuchen Sie 's nich! Heute verstehn mer keinen Spaß, Freundchen! Drücken Se sich lieber, ehe 's los geht! Heute geht 's nämlich los! Wissen Se das schon?

Richard (sich abwendend). Schwätzer!

Brüllner. Was? Wissen Se ooch, was Se gesagt ham? (Macht eine drohende Geberde.) Sie großspuriger Protz! Sie lausiger Leuteschinder woll'n e frei'n Arbeiter beleidigen? Passen Se uff! Ich werd 's Ihnen zeigen! (Es hat sich eine Gruppe um die beiden gebildet.) Da! Guckt'n bloß an! Kommt hierher, um uns auszuspionier'n! Woll'n mer uns das gefallen lassen? (Es werden drohende Rufe laut.) Uffhäng'n sollt'n mer'n an der nächsten Kiefer! Das wär 'n Spaß!

Verschiedene (rufend). Hatzberg kommt! Genosse Hatzberg kommt! Es lebe Hatzberg! Hoch Hatzberg!

Vierter Auftritt.

Hatzberg (rechts und links Händedrücke austeilend). Guten Abend Freunde, Genossen! Nur wenige Worte noch, und dann wollen wir dem alten Leuteschinder ein Ständchen bringen, an das er denken soll! Genosse Stange ist mit einem Teil der Unseren schon hinab=
gezogen, daß der alte Fuchs uns nicht entwischen kann. Es ist alles besetzt. Niemand kann aus dem Bau. (Geschrei und Gejohle.)

Brüllner. Hier, unsern Freund, den jungen Fuchs hammer schon! Woll'n mer den mitnehm', Hatzberg?

Richard (springt auf einen Felsblock und breitet die Arme wie beschwörend aus). So hört mich noch einmal, Leute, Freunde! Ihr alle wißt, daß ich Euer Freund bin! Unter Euch ist niemand, den ich je beleidigt! Ihr alle wißt —

Hatzberg. 'Runter mit ihm! Kein Wort weiter, oder ich will verdammt sein, wenn —

Richard. Sie sollen den Mund mir nicht verbieten! Ich will gehört werden! Leute! Ich beschwöre Euch —!

Brüllner. Schlagt den Hund tot! Steinigt ihn!
(Er hebt einen schweren Stein auf. Tumult.)

Dahlem (hält Brüllner's Hand fest). Um Gottes willen, Brüllner! Nicht das! (Geht auf Richard zu). Mein lieber Herr Richard, gehen Sie! Ja, gehen Sie! Es ist alles umsonst.

Richard (schreiend). Ich will nicht! Ihr müßt mich hören! Ich bin einer der Eurigen! Hört ihr? Dort, das Haus da unten, — meines Vaters Haus! — ich werde es Jahre lang nicht wiedersehen. Meinen Vater habe ich verlassen — um Euretwillen! Meine Braut verlassen — um Euretwillen! Ich will mein Brot verdienen wie Ihr, um einer der Eurigen zu werden! Hört auf mich! Ich will Euch zum Heile, zur Freiheit führen. Aber versucht keine Gewalt! Habt Geduld! Eine neue, gewaltige Zeit dämmert herauf! Bis zum Throne sind die Wogen Eures Schmerzes emporgeschlagen und ein Kaiserherz fühlt für Euch, mit Euch! Und ich will ein Apostel sein der neuen, großen, wahren Lehre, des einzigen Heils! Ich will —
(Im Hintergrunde flammt ein Feuerschein auf, der von Sekunde zu Sekunde intensiver wird.)

Mein Gott, was ist das?

Haßberg. Das Gericht! — Und nun herunter, gleißnerischer Schwätzer, oder ich will Dich herunterbringen!

(Aus der Ferne dringt wüster Tumult, der, sich mit dem Lärm auf der Scene vermischend, zum Sturme anschwillt. Der Hintergrund ist von einer riesigen Feuersbrunst erhellt.)

Brüllner. Der Fuchsbau in Flammen! Hurrah! Genossen! Auf! Wir wollen löschen helfen!

(In der Ferne hört man Hornsignale. Einen Augenblick wird alles still. Es schallen einzelne laute Worte und Kommandorufe herüber. Darauf bricht der Tumult von neuem stärker aus.)

Haßberg. Militär! Was sagst du dazu, elender Spion?! So fängt die neue, große Zeit an! Gelt?

Richard (für sich). Zu spät! Zu spät!

Haßberg (reißt ihn herunter). Verantworte Dich! Nun kannst Du reden!

(Man hört neue Signale und Rufe, die aber bald von dem immer stärker werdenden Tumult übertönt werden, darauf das Rollen einer Salve.)

Da! Jetzt fallen die blutigen, zuckenden Leiber unserer Kameraden! Märtyrer der Freiheit! Für uns, für uns sind sie gefallen! Aber wir wollen sie rächen, furchtbar rächen! (Hinreißend in Ton und Gebärde). Auf! Wie eine Lawine, wie ein Sturzbach wollen wir über sie herfallen! Bewaffnet Euch, wie und wo Ihr könnt!

(Man hört eine zweite Salve; von rechts und vom Hintergrunde stürzen Arbeiter in Trupps herein.)

Fünfter Auftritt.

Die Arbeiter. Die Soldaten! Die Soldaten! Es ist alles verloren! Sie rücken schon durch den Wald! Sie kommen hierher! Sie sind schon den halben Berg herauf! } durcheinander.

Richard. Rettet Euch! Flieht, so lange es Zeit ist! Denkt an Weib und Kind! (Auf Hatzberg deutend.) Hört nicht auf den da! Er ist ein elender Lügner! Er stürzt Euch ins Unglück!

Hatzberg. Auf, Genossen! Mir nach! Zur Rache!

Richard. Nein! Hier bleibst Du, Elender! Genug sei's des Unheils! Hier, nimm das! (Er packt Hatzberg und schlägt ihn ins Gesicht.)

Hatzberg (reißt sich los). Hund! (Er zieht ein Messer und ersticht Richard.)

Richard (fallend). So ist's recht! Als Apostel — (Er stirbt).

Dahlem (zitternd). Hatzberg! Das ist Mord!

Hatzberg (roh). Sagen wir Totschlag, das klingt besser!

Brüllner (bei Seite). Hm, das ist — ich weeß nich — (sieht sich scheu um und schleicht davon).

Sechster Auftritt.

(Stange und andere Arbeiter stürzen herein. Stange blutet aus einer Gesichtswunde.)

Stange. Halloh! Hatzberg! Wo bleibt Ihr denn? 's is' zu spät jetzt! Fort, nur fort! Die verdammten

Blaukittel sind hinter uns her. (Wendet sich um und deutet auf die Feuersbrunst.) Sieht das mal fein aus von hier! Weeßt de, wer das Feuerchen angesteckt hat? Hans — der dumme Hans! Und weeßt de, wo das Feuer herkommt? (Zieht eine Schnapsflasche hervor.) Hahahaha! Hier is' 'rausgekomm'! Die hat er ausgetrunken, der Hans, und dann is' er so feurig geworden! Hahaha! — Aber jetzt fort!

Hatzberg. Nein! Bleibt hier! Noch ist —

Stange. I wo! Gehn thun mer! (Ab. Andere folgen.)

Siebenter Auftritt.

(Auf einer roh von Ästen gebildeten Bahre wird Hans hereingetragen. Marie schreitet neben ihm, seine Hand haltend.)

Marie. Hierher! (Die Bahre wird vor Hatzberg niedergestellt.)

Dahlem (tritt hinzu und sieht Hans in's Gesicht). Er ist tot! (Wie gebannt von dem Anblick.) Huh! Wie blutig er aussieht!

Marie (dicht vor Hatzberg tretend, mit unheimlicher Ruhe). Da! Sieh' dein erstes Opfer, Verruchter!

Hatzberg (auf Richard deutend). Nein — mein zweites!

Marie (den toten Richard erblickend, steht wie versteinert im Übermaß des Entsetzens; dann geht sie auf ihren Vater zu). Vater in meinem Schoße trage ich ein Kind. — Das Kind jenes Mörders! (Sie bricht zusammen.)

(Inzwischen haben die Arbeiter sich allmählich nach allen Richtungen hin entfernt.)

Dahlem (blickt sich um in furchtbarer Verwunderung; dann geht er mit schweren Schritten auf Hatzberg zu. In seinen Zügen arbeiten Wut und Verzweiflung. Er versucht, Hatzberg an der Kehle zu packen, aber seine Arme sinken kraftlos herab. Ächzend). Du! —

Hatzberg (steinern). Dort kommen sie! Warten wir!

(Vom Hintergrunde aus hört man das Heranrücken des Militärs. Waffen und Uniformen blitzen auf.)

Vorhang.